DÓNALL DÁNA
Sióg na bhFiacla

Francesca Simon
Tony Ross *a mhaisigh*

Caitlín Ní Chualáin *a d'aistrigh*

Cló Iar-Chonnacht
Indreabhán, Conamara

An téacs © Francesca Simon 1998
Na léaráidí © Tony Ross 1998
Leagan Gaeilge © Cló Iar-Chonnacht 2016

ISBN: 978-1-78444-147-0

D'fhoilsigh Orion Children's Books an téacs
den chéad uair sa Bhreatain Mhór i 1998;
d'fhoilsigh Orion leagan faoi chlúdach crua agus
Dolphin leagan faoi chlúdach bog.

 An Chomhairle um Oideachas
Gaeltachta & Gaelscolaíochta Tá Cló Iar-Chonnacht buíoch de COGG
as maoiniú a chur ar fáil don togra seo.

 Faigheann Cló Iar-Chonnacht cabhair airgid
ón gComhairle Ealaíon.

Cló Iar-Chonnacht, Indreabhán, Co. na Gaillimhe.
Teil: 091-593307 Facs: 091-593362 eolas@cic.ie www.cic.ie
Priontáil: iSupply, Gaillimh.

CLÁR

1

BUAILEANN DÓNALL DÁNA BOB AR SHIÓG NA BHFIACLA

"Níl sé ceart ná cóir!" a bhéic Dónall Dána agus é lán le trua dhó fhéin. Níor fhág sé oiread agus ceann amháin fhéin de na bláthanna a bhí curtha ag a dhaidí nár sheas sé orthu. "Níl sé féaráilte."

Bhí dhá fhiacail caillte ag Peigí Pusach. Trí cinn a chaill Síle Searbh. Agus maidir le Caitríona Cliste, chaill sise dhá fhiacail in aon lá amháin!! Chaill Máirtín Mímhúinte cheithre cinn, péire in uachtar agus péire eile in íochtar, agus dá bharr sin bhí sé in ann an clár bán a bhualadh le smugairle óna dheasc. Peaidí Beadaí, bhí sé chomh mantach le seanchailleach, agus fiú amháin Cóilín Caointeach, bhí ceann amháin tite uaidhsean – agus b'in i bhfad ó shin.

Ní raibh lá ann nach raibh duine eicínt eile
ag siúl isteach sa scoil go gaisciúil ag taispeáint
a mant, gan trácht ar an dá euro, nó go
deimhin na chúig euro a bhí faighte ag cuid
acu, ó Shióg na bhFiacla.

"Níl sé seo ceart ná cóir!" a bhéic Dónall
aríst. Tharraing sé ar a fhiacail, bhrúigh sé í,
thriail sé í a chasadh agus í a iontú, ach ní raibh
bealach ar bith faoin spéir go gcorródh sí.

"Cén fáth a bhfuil mo chás chomh crua?" a
dúirt sé agus é ag déanamh puiteach de na
nóiníní. "Cén fáth gur mise an t-aon duine nár
chaill fiacail fós?"

Shuigh Dónall Dána ina dhún agus strainc
air. Bhí sé tinn tuirseach de na gasúir eile ag
taispeáint a gcuid fiacla beaga gránna agus iad
ar leathmhaing, nó an mant a bhí ina gcarbad.
An chéad duine eile a chloisfeadh sé ag rá
"fiacail" níorbh fholáir dhóibh a bheith
cúramach!

"A Dhónaill!" a bhéic an glór beag lag seo.
"Cá bhfuil tú?"

Chuaigh Dónall Dána i bhfolach taobh thiar
de na géagáin.

"Tá a fhios agam gur istigh sa dún atá tú," a
dúirt Learaí-gan-Locht.

'Bailigh leat," a dúirt Dónall.

"Ach, a Dhónaill," a dúirt Learaí, "tá rud
eicínt iontach agam anseo le taispeáint dhuit."

"Céard é fhéin?" a dúirt Dónall go borb.

"Gabh i leith go bhfeice tú é," a dúirt Learaí.

Ní raibh tada iontach ariamh ag Learaí le
taispeáint. Cheap Learaí go raibh sé iontach
seanleabhar eicínt faoi phlandaí nó stampa nua
eicínt a thaispeáint, nó réaltóg a fuair sé ón
múinteoir dá chóipleabhar.

Ach mar sin fhéin . . . tháinig Dónall amach.

"Níorbh fholáir dhó seo a bheith go maith,"
a dúirt sé, "nó is dhuitse is measa é."

D'oscail Learaí a ghlaic.

Bhí rud eicínt beag bán le feiceáil i mbois a
láimhe. Bhreathnaigh sé cosúil le . . . ná habair
é . . .

Bhreathnaigh Dónall go géar ar Learaí.
Chuir Learaí cáir mhór millteach gháirí air
fhéin.

9

Níor fhan smid ag Dónall. Cén chaoi a bhféadfadh sé seo tarlú? An raibh sé á shamhlú seo?

Bhreathnaigh Dónall air. D'fháisc sé a shúile ar a chéile go teann agus d'oscail sé aríst iad.

Ní raibh sé á shamhlú.

Bhí mant ina dhrad ag a dheartháir beag Learaí-gan-Locht.

Rug Dónall ar Learaí. "Chuir tú dath ar d'fhiacail, a bhréagadóir."

"Níor chuireas," a dúirt Learaí. "Thit sé amach. Breathnaigh."

Chuir Learaí méar isteach tríd an mant.

Bhí mant ann! Bhí fiacail caillte ag Learaí-gan-Locht! Bhí sé seo mar a bhuailfí dorn sa mbolg ar Dhónall.

"Nár dhúirt mé leat é," a dúirt Learaí. Agus é ag gáirí le Dónall.

Ní raibh Dónall in ann breathnú ar dhrad Learaí ar feadh soicind amháin eile. Bhí buille damanta faighte aige, an rud is measa a tharla ariamh dhó.

"Tá an dearg-ghráin agam ort!" a bhéic Dónall. Bolcán mór lasta a bhí ann ag doirteadh laibhe te bruite anuas ar an duine beag lag seo a bhí ina sheasamh os a chomhair amach.

"ÁÁÁÁÁÁÁÁÁÁÁÁÁÁ!" a bhéic Learaí agus
thit an fhiacail uaidh.

Rug Dónall uirthi.

"ÁÁÁÁ," a bhéic Learaí, "tabhair dhom ar ais
m'fhiacail!"

"Ná bí chomh dána a Dhónaill," a dúirt
Mamaí.

Thosaigh Dónall á shaighdeadh leis an
bhfiacail.

"NEA NEA NEA NEA NEA," a dúirt
Dónall, ag spochadh as Learaí.

Thosaigh Learaí ag bladhrúch.

"Tabhair dhom m'fhiacail!"

Rith Mamaí amach sa ngarraí.

"Tabhair ar ais an fhiacail sin do Learaí anois
díreach!" a d'ordaigh Mamaí.

"Ní thabharfad," a dúirt Dónall.

Bhí cuma fhíochmhar ar Mhamaí. Chuir sí amach a lámh. "Tabhair dhom í sin anois díreach."

Lig Dónall don fhiacail titim ar an talamh.

"Seo," a dúirt Dónall Dána.

"Sin sin," a dúirt Mamaí. "Ní bheidh tusa ag fáil aon mhilseog anocht."

Rug Learaí ar an bhfiacail. "Breathnaigh, a Mhamaí," a dúirt sé.

"Mo bhuachaill mór," a dúirt Mamaí agus í ag tabhairt grá mór dhó. "Nach iontach é sin."

"Tá mé le tuilleadh stampaí a cheannacht le hairgead Shióg na bhFiacla," a dúirt Learaí.

"An-phlean go deo," a dúirt Mamaí.

Sháigh Dónall amach a theanga.

"Sháigh Dónall amach a theanga, a Mhamaí," a dúirt Learaí.

"Leag as, a Dhónaill," a dúirt Mamaí. "A Learaí, tabhair aire mhaith don fhiacail sin, do Shióg na bhFiacla."

"Tabharfad," a dúirt Learaí. D'fháisc sé a dhorn go teann timpeall ar an bhfiacail.

Chuaigh Dónall ar ais ina dhún. Mura raibh
aon chosúlacht titim ar a fhiacail fhéin,
thabharfadh sé cúnamh dhi titim. Ach cén
chaoi? Bheadh casúr go maith le ceann a
bhualadh amach. Nó d'fhéadfadh sé sreangán a
cheangal timpeall ar an bhfiacail agus an taobh
eile a cheangal de láimh an dorais agus ansin
an doras a dhúnadh de léim. Áú! Gheit Dónall
ag cuimhniú air.

Bhuel, b'fhéidir nach mbacfadh sé leis an
bplean sin. B'fhéidir go mbeadh bealach eicínt
eile ann nach bhfuil an oiread pian ag baint
leis. Céard é seo a bhíodh an fiaclóir a rá i
gcónaí? Ith an iomarca milseáin agus ní
fhanfaidh fiacail i do dhrad?

Chuaigh Dónall isteach sa gcisteanach go
ciúin. Bhreathnaigh sé chaon taobh dhe. Ní
raibh deoraí ann. Bhí Learaí le cloisteáil ag
scríobadh leis agus é ag cleachtadh ar an
bhfidil.

Rith Dónall de léim anonn chuig an gcrúsca milseáin a bhí i dtaisce sa gcófra. Ba é Dé Sathairn lá na milseáin, agus ba é inniu Déardaoin. Dhá lá eile nó go mbeadh sé i dtrioblóid aríst.

Shac Dónall an oiread milseáin a bhí sé in ann siar ina bhéal.

Neam, Neam, Neam, Neam, Neam, UMMMMMMMM. Neam Neam. UMMMMMMMMMMM.

Bhí pian ag teacht ina ghiall leis an gcangailt agus leis an mugailt ar fad. Chuir sé taifí amháin eile ina bhéal agus saothar air ag brú a chuid fiacla chun iad a chur ag bogadh.

Thosaigh iontú goile ag teacht ar Dhónall. Thosaigh sé ag bogadh a chuid fiacla go dóchasach lena chuid méaracha. Shílfeá tar éis an méid sin siúcra, a dúirt sé leis fhéin, go dtitfeadh ceann amháin fhéin acu amach. Thosaigh sé ag brionglóidí cé air a chaithfeadh sé airgead Shióg na bhFiacla . . . cúpla greannán!

Bhog sé a chuid fiacla aríst. Agus aríst.

Níor chorraigh tada.

Ach murar bhog fhéin, bhí a bhéal tinn, bhí a dhrad tinn agus bhí a bholg tinn. Céard sa mí-ádh a theastaigh a dhéanamh le go dtitfeadh fiacail amach?

B'ansin a bhuail an smaoineamh é. Bhí an-phlean aige! Cén fáth gurbh é Learaí a chaithfeadh an t-airgead a fháil ó Shióg na bhFiacla? Nach bhféadfadh sé fhéin an t-airgead a fháil? Cén chaoi? Éasca péasca. Bhuailfeadh sé bob ar an tSióg.

Bhí an teach ciúin. Ní bheadh an luchín fhéin níos ciúine agus é ag éalú isteach i seomra Learaí. Bhí Learaí ina chnap sa leaba agus meangadh mór suaimhneach ar a éadan.

Shleamhnaigh Dónall a lámh isteach go deas réidh faoina philiúr, agus chroch sé leis an fhiacail.

Bhí sé thar a bheith sásta leis fhéin agus é ag tabhairt na gcosa leis amach as an seomra, nuair a bhuail sé faoi Mhamaí.

"ÁÁÁÁÁÁÁÁÁÁ!" a bhéic Dónall.

"ÁÁÁÁÁÁÁÁÁÁ!" a bhéic Mamaí.

"Scanraigh tú mé," a dúirt Dónall.

"Céard atá tú a dhéanamh?" a d'fhiafraigh Mamaí dhe.

"Tada ar bith beo," a dúirt Dónall. "Cheap mé gur chuala mé torann eicínt i seomra Learaí agus bhreathnaigh mé isteach go bhfeicfinn."

Bhreathnaigh Mamaí ar Dhónall. Chuir Dónall éadainín gleoite air fhéin.

"Gabh ar ais a chodladh," a dúirt Mamaí.

Ghearr Dónall é, isteach sa seomra codlata agus chuir sé an fhiacail isteach faoina philiúr. A mhac go deo, ar éigean Dé a tháinig sé slán as an gceann sin. Thosaigh Dónall ag gáirí leis

fhéin. Nach é an peata sin a bheas spréachta ar
maidin, nuair nach mbeidh fiacail ná pingin
faoin bpiliúr?

Nuair a dhúisigh Dónall maidin lá arna
mhárach chuir sé a lámh isteach faoina philiúr.
Ní raibh aon fhiacail ann. Iontach, a dúirt sé
leis fhéin. Anois, cá bhfuil an t-airgead?
   Chuartaigh sé faoin bpiliúr.
   Bhreathnaigh sé os cionn an philiúir.

Bhreathnaigh sé isteach faoin bpluid, faoin teidí, faoin leaba. An leithphingin fhéin ní raibh ann.

Chuala Dónall Learaí ag rith síos an halla.

"A Mhamaí, a Dhaidí, breathnaígí!"

"Fuair mé euro ó Shióg na bhFiacla!!!!"

"Thar cionn," a dúirt Mamaí.

"Iontach," a dúirt Daidí.

Céard é seo? a dúirt Dónall leis fhéin.

"Roinnfidh mé leatsa é, a Mhamaí," a dúirt Learaí.

"Níl aon chall dhuit leis, a stóirín," a dúirt Mamaí. "Is dhuitse é sin."

"Tógfaidh mise uait é," a dúirt Dónall. "Teastaíonn uaim ualach greannáin a cheannacht. Agus roinnt —"

"Is beag an baol," a dúirt Learaí. "Liomsa é seo. Faigh d'fhiacail fhéin."

Stán Dónall ar a dheartháir. Ní bheadh sé de mhisneach ag Learaí labhairt ar an gcaoi sin leis roimhe seo.

Lig Dónall air fhéin gur foghlaí mara é agus é ag brú príosúnach den phleainc.

"AÚÚÚÚÚÚÚÚÚÚ!" a bhéic Learaí.

"Ná bí dána, a Dhónaill," a dúirt Daidí.

Shocraigh Dónall port a athrú.

"A Mhamaí," a dúirt sé, "cén chaoi a mbíonn a fhios ag Sióg na bhFiacla cé a chaill an fhiacail?"

"Breathnaíonn sí isteach faoin bpiliúr," a dúirt Mamaí.

"Ach cén chaoi a mbíonn a fhios aici cén piliúr?"

"Le draíocht," a dúirt Mamaí. "Sin an chaoi a mbíonn a fhios aici é."

"Ach cén chaoi?" a dúirt Dónall.

"Feiceann sí an mant a bhíonn i do bhéal," a dúirt Mamaí.

Ahá, a dúirt Dónall leis fhéin. Sin é an áit ar chlis mé.

An oíche sin, ghearr Dónall amach píosa beag páipéar dubh. D'fhliuch sé é, agus chlúdaigh sé an dá fhiacail in íochtar. Rinne sé gáirí leis fhéin sa scáthán. Díreach ceart, a dúirt sé leis fhéin.

Ansin leag sé drad fiacla bréige le Mamó isteach faoin bpiliúr. Cheangail sé sreangán timpeall ar an bhfiacail is mó, agus ansin cheangail sé an sreangán sin dá mhéar. Nuair a thiocfadh Sióg na bhFiacla, tharraingeodh an sreangán ar a mhéar agus dhúiseodh sé.

Anois, a Shióigín, a dúirt Dónall leis fhéin, feicfidh muid anois cé chomh cliste is atá tú!

An mhaidin dár gcionn, maidin Dé Sathairn, nuair a dhúisigh Dónall, chuir sé a lámh isteach faoin bpiliúr. Bhí an sreangán fós i bhfostú dá mhéar, ach bhí na fiacla bréige imithe. Bhí rud eicínt beag cruinn curtha ina n-áit

"Mo euro!" a dúirt Dónall. Rug sé air.

Euro plaisteach a bhí ann.

Chaithfeadh sé gur botún é seo, a dúirt sé leis fhéin. Bhreathnaigh sé isteach faoin bpiliúr aríst. Ach ní bhfuair sé ann ach píosa páipéar gorm a bhí fillte agus é clúdaithe le réaltóga.

D'oscail Dónall an páipéar. Bhí an scríbhneoireacht beag bídeach agus é scríofa le dúch óir.

"Smál air!" a dúirt Dónall.

Go tobann, tháinig glór Mhamaí aníos an staighre.

"A Dhónaill! Tar anuas anseo anois díreach!"

"Céard atá anois ort?" a dúirt sé faoina anáil agus é á tharraigt fhéin amach as an leaba.

"Sea?" a dúirt Dónall.

Bhí crúsca folamh ina láimh ag Mamaí.

"Bhuel?" a dúirt Mamaí.

Níor chuimhnigh Dónall ariamh ar na milseáin.

"Ní mé a rinne é," a dúirt Dónall gan cuimhniú air fhéin. "Chaithfeadh sé go bhfuil luchain sa teach."

"Milseán amháin ní gheobhaidh tú aríst go ceann míosa," a dúirt Mamaí. "Déanfaidh úllaí thú, ag tosaí anois."

ÚÚÚÚ! Úllaí. Bhí an ghráin ag Dónall ar chuile chineál torthaí agus glasraí, ach ba iad úllaí ba ghránna uilig leis.

"Ná habair é!" a dúirt Dónall.

"Tá sé ráite," a dúirt Mamaí. "Anois díreach."

Thóg Dónall an t-úlla uaithi, agus bhain sé plaicín beag bídeach as.

CRUINS. CREAIC.

Changail sé é agus thosaigh sé ag tachtadh. Nuair a thriail sé é a shloigeadh, thosaigh sé ag casacht agus thosaigh an anáil ag imeacht uaidh.

Bhí a bhéal ag mothú aisteach. Bhog sé a theanga timpeall ina bhéal, agus mhothaigh sé spás.

Sháigh sé a mhéar siar ina bhéal, agus rith sé anonn chuig an scáthán.

Bhí fiacail imithe.

Bhí an fhiacail sloigthe aige.

"Níl sé seo ceart ná cóir!" a bhéic Dónall
Dána.

2

BAINIS DHÓNAILL DHÁNA

"Níl mise ag dul ag caitheamh an éadaigh ghránna seo agus sin sin!"

Bhí Dónall Dána ag breathnú isteach sa scáthán. Strainséara a bhí ag stánadh amach air. Stráinséara a raibh léine chorcra le rufaí air, treabhsar glúnach sróil glas, agus sais fhada bhándearg timpeall a bhásta, cuachóg mhór timpeall a mhuiníl agus péire bróga gobacha sróil agus buclaí óir orthu.

Ní fhaca Dónall aon duine ariamh ina shaol a bhreathnaigh chomh hamaideach.

"Á ha ha ha ha ha!" a bhéic Dónall Dána, ag díriú a mhéire ar an scáthán, agus é ag gáirí.

Ansin, bhreathnaigh sé go grinn ar an scáthán. Cérbh é an buachaill amaideach a bhí ag breathnú amach air ach é fhéin.

Bhí Learaí-gan-Locht ina sheasamh in aice leis. Bhí léine chorcra le rufaí airsean freisin, treabhsar glúnach sróil glas, agus sais fhada bhándearg timpeall a bhásta, cuachóg mhór timpeall a mhuiníl agus péire bróga gobacha sróil agus buclaí óir orthu.

Ach murarbh ionann agus Dónall, bhí ríméad ar Learaí.

"Nach mór an spóirt iad!" a dúirt Eithne Éisealach. "Seo é an chaoi a mbeidh mo chuid gasúir gléasta agamsa i gcónaí!"

Ba í Eithne Éisealach col ceathar Dhónaill. Bhí sí níos sine ná é. Bhíodh Eithne Éisealach i gcónaí ag casaoid faoi rudaí beaga fánacha.

"ÚÚÚÚÚÚÚÚ, spoitín dusta."

"ÚÚÚÚÚÚÚÚ, braoinín uisce."

"ÚÚÚÚÚÚÚÚ, tá mo ghruaig cuileach."

Ach nuair a d'fhógair Eithne Éisealach go raibh sí ag dul ag pósadh Ghearóid na nGoiríní, agus go raibh sí ag iarraidh go mbeadh Dónall agus Learaí ina ngiollaí aici ag an mbainis, bhí a beannacht tugtha ag Mamaí sula bhféadfadh Dónall í a stopadh.

"Ach céard é giolla?" a d'fhiafraigh Dónall go hamhrasach.

"Is é an giolla a iompraíonn na fáinní suas chun na haltóra ar philiúr sróil," a dúirt Mamaí.

"Agus a chaitheann an coinfití tar éis an tsearmanais," a dúirt Daidí.

Thaithnigh le Dónall go mbeadh air coinfití a chaitheamh. Ach fáinní a iompar ar philiúr? Ní raibh aon tóir aige air sin.

"Níl mise ag iarraidh a bheith i mo ghiolla," a dúirt Dónall.

"Tá mise, tá mise," a dúirt Learaí.

"Beidh tú i do ghiolla, a Dhónaill, agus sin a bhfuil faoi," a dúirt Mamaí.

"Agus beidh tú deas múinte," a dúirt Daidí. "Is deas uaidh do chol ceathar thú a iarraidh."

Chuir Dónall pus air fhéin.

"Cé a bheadh ag iarraidh í sin a phósadh ar aon nós?" a dúirt Dónall. "Ní bheinnse, dá n-íocfá milliún euro liom."

Ach ar chúis eicínt, bhí Gearóid na nGoiríní ag iarraidh Eithne Éisealach a phósadh. Agus chomh fada agus ab eol do Dhónall níor íocadh milliún euro leis ach an oiread.

Bhí Gearóid na nGoiríní é fhéin ag triail air

feisteas na bainise. Bhí cuma an amadáin air,
lena hata mór dubh, léine chorcra, agus
seaicéad mór dubh a raibh froigisí óir chuile áit
air.

"Níl mise ag dul ag caitheamh an éadaigh
sheafóideach sin," a dúirt Dónall.

"Dún do chlab, a ghibstirín," a dúirt Gearóid
na nGoiríní.

Thug Dónall drochshúil dhó.

"Nílim," a dúirt Dónall. "Agus sin a bhfuil
faoi,"

"A Dhónaill, ná bí chomh dána," a dúirt
Mamaí.

Bhí cuma na hóinsí uirthi fhéin freisin, lena hata mór sliobarnach agus ualach bláthanna ag silt anuas as.

Go tobann rug Dónall ar an lása a bhí timpeall a mhuiníl.

"Tá mé do mo thachtadh," a bhéic sé. "Níl mé in ann m'anáil a tharraingt."

Ansin thit Dónall anuas ar an urlár agus thosaigh sé ag casacht.

"ÚÚÚÚÚÚÚÚÚÚÚÚÚÚÚ!" a dúirt sé. "Tá mé ag fáil bháis."

"Éirigh suas as sin anois díreach, a Dhónaill!" a dúirt Daidí.

"ÚÚÚÚÚ! Tá an t-urlár sin salach!" a bhéic Eithne Éisealach.

"An bhfuil smacht ar bith agat ar an ngasúr sin?" a dúirt Gearóid na nGoiríní.

"NÍL MÉ AG IARRAIDH A BHEITH I MO GHIOLLA!" a chaoin Dónall.

"Tá mise an-bhuíoch gur iarr tú orm a bheith mar ghiolla agat, a Eithne," a bhéic Learaí-gan-Locht, agus é ag iarraidh go gcloisfí é os cionn an torainn a bhí ina dtimpeall.

"Tá fáilte romhat," a bhéic Eithne.

"Leag as, a Dhónaill!" a d'fhógair a mháthair air. "Ní raibh an oiread náire ariamh orm."

"Tá an ghráin agam ar ghasúir," a dúirt Gearóid na nGoiríní go ciúin faoina anáil.

Stop Dónall Dána. Mo léan géar, ní raibh mairg ar a chuid éadaí agus iad fós chomh glan leis an gcriostal agus chomh pointeáilte céanna.

Tá go maith, a dúirt Dónall leis fhéin. Má tá sibh do m'iarraidh ag an bpósadh seo, is mar sin a bheas sé.

Tháinig an lá. Bhí Eithne Éisealach le pósadh.

Bhí seacht gcroí ag Dónall nuair a chonaic sé an díle bháistí. Nach ar Eithne a bheadh an cantal.

Bhí Learaí-gan-Locht gléasta cheana fhéin.

"Nach againn a bheas an lá, a Dhónaill," a dúirt Learaí.

"Ní bheidh!" a dúirt Dónall agus shuigh sé síos ar an urlár. "Agus níl mise ag dul ann."

Bhí fíorchoimhlint ag a Mhamaí agus a Dhaidí ag cur an fheistis ar Dhónall in aghaidh a thola.

Ach faoi dheireadh thiar thall, bhí chuile dhuine sa gcarr.

"Beidh muid mall!" a bhéic Mamaí.

"Beidh muid deargmhall!" a dúirt Daidí.

"Beidh muid deargmhall!" a dúirt Learaí.

"Is maith sin!" a dúirt Dónall faoina anáil.

Bhain siad amach an séipéal. Pléasc! An chéad rud eile tháinig plimp thoirní. D'oscail an spéir. Bhí an chuid eile den slua istigh sa séipéal cheana fhéin.

"Seachnaígí an lochán uisce sin, a ghasúir," a dúirt Mamaí agus í ag tabhairt léim amach as an gcarr. D'oscail sí an scáth báistí.

Chaith Daidí léim thar an lochán.

Chaith Learaí léim thar an lochán.

Chaith Dónall léim thar an lochán agus baineadh truisle as.

SPLAIS!

"ÚÚÚPPPPPSSSS," a dúirt Dónall.

Bhí rufaí a léine stróicthe, bhí an treabhsar glúnach brocach, agus bhí na bróigíní sróil draoibeáilte.

Bhí Mamaí, Daidí agus Learaí clúdaithe le huisce puitigh.

Phléasc Learaí-gan-Locht amach ag caoineadh.

"Tá mo chuid éadaí giolla millte agat," a dúirt Learaí agus é ag olagón.

Ghlan Mamaí an oiread den salachar agus a d'fhéad sí d'éadaí Learaí agus Dhónaill.

"Timpiste a bhí ann, a Mhamaí, i ndáiríre," a dúirt Dónall.

"Deanaigí deifir, tá sibh deireanach!" a bhéic Gearóid na nGoiríní.

Ghearr Mamaí agus Daidí isteach sa séipéal é agus fuadar fúthu.

D'fhan Dónall agus Learaí taobh amuigh, ag fanacht go ndéarfaí leo a theacht isteach.

Bhreathnaigh Gearóid na nGoiríní, agus an fear a bhí ag seasamh leis, Ciarán Crosta, ar na buachaillí.

"Féach an drochbhail atá ar an mbeirt agaibh," a dúirt Gearóid.

"Timpiste a bhí ann," a dúirt Dónall.

"Anois bígí cúramach leis na fáinní pósta," a dúirt Ciarán Crosta. Shín sé piliúr sróil an duine chuig Dónall agus Learaí agus fainní óir leagtha orthu.

Siúd ina dtreo meall mór lása, síoda, cuachóga agus bláthanna. Is dóigh, a dúirt Dónall leis fhéin, go bhfuil Eithne Éisealach i bhfolach in áit eicínt istigh ansin.

"ÚÚÚÚÚÚÚ!" a dúirt an meall. "Cén fáth a gcaithfidh sé a bheith ina dhíle an lá a bhfuilim ag pósadh?"

"ÚÚÚÚÚÚÚ!" a dúirt an meall aríst. "Tá sibh brocach."

Tháinig na deora le Learaí-gan-Locht. Thosaigh an piliúr sróil ag croitheadh ina láimh. Bhí an fáinne ina luí ar éigean ar imeall an philiúir.

Sciob Ciarán Crosta an piliúr ó Learaí.

"Níl tusa in ann an piliúr seo a iompar agus do lámha ag croitheadh," a dúirt sé go borb. "Iompair thusa an dá philiúr, a Dhónaill."

"Fágaigí seo," a dúirt Gearóid na nGoiríní go mífhoighdeach. "Tá muid mall!"

Isteach sa séipéal le Ciarán Crosta agus Gearóid na nGoiríní agus fuadar fúthu.

Thosaigh an ceol.

Ag pramsáil síos an seipéal i ndiaidh Eithne a
bhí Dónall. Sheas chuile dhuine suas.

Bhí cáir gháirí ar Dhónall, é ag crochadh
lámh agus ag umhlú do chuile dhuine.

B'eisean an Rí Dónall Dána. Chuir sé
meangadh aoibhiúil ar a éadan, dá phobal, sula
mbainfeadh sé an cloigeann díobh.

De réir mar a bhí sé ag brionglóidí agus ag
pramsáil leis, sheas sé ar ghúna mór fada
Eithne.

STRÓIIICCCCC!!

"ÚÚÚÚÚÚ!" a bhéic Eithne Éisealach.

Bhí cuid de ghúna Eithne i bhfostú i mbróg
sróil puitigh Dhónaill.

Bhí an gúna sin i bhfad rófhada ar aon chaoi,
a dúirt Dónall leis fhéin. Thug sé cic i leataobh
don éadach agus ar aghaidh leis síos an séipéal.

Bhí an bhrídeog, Gearóid na nGoiríní,
Ciarán Crosta agus an dá ghiolla cruinnithe le
chéile ag an altóir.

D'fhan Dónall ina sheasamh . . . agus ina
sheasamh . . . agus ina sheasamh. Bhí an sagart
ag caint agus ag caint agus ag caint. Ba ghearr
go raibh pian ag teacht i lámha Dhónaill agus é
an fhad sin i ngreim sna piliúir.

Tá sé seo chomh leadránach, a dúirt Dónall leis fhéin, agus chuir sé na fáinní ag léimneach thart ar an bpiliúr.

Hup! Hup! Hup!

A mhac go deo, tá mé go maith aige seo a dúirt sé leis fhéin.

Bhí na fáinní ag preabadh.

Bhí an sagart ag caint.

Ba chócaire pancóga cáilúil é Dónall, a bhí in ann iad a chaitheamh suas, i bhfad suas san aer.

Pupst! Thit na fáinní den philiúr, agus rolláil siad uaidh síos an séipéal agus síos i ngráta beag.

Ó! Dia dhár réiteach, a dúirt Dónall leis fhéin.

"Anois, na fáinní le do thoil?" a dúirt an sagart.

Bhreathnaigh a raibh sa séipéal ar Dhónall.

"Aige siúd atá siad," a dúirt Dónall, ag síneadh a mhéire i dtreo Learaí.

"Níl," a dúirt Learaí ag caoineadh.

Chuir Dónall a lámh ina phóca. Tharraing sé aníos dhá sheanphíosa guma coganta, cúpla cloch bheag, agus a fháinne spcisialta foghlaí mara.

"Seo, úsáid é seo," a dúirt sé.

Faoi dheireadh thiar cuireadh Gearóid na nGoiríní agus Eithne Éisealach faoi chuing an phósta.

Shín Ciarán Crosta ciseán rósanna buí agus

bándearga an duine chuig Dónall agus chuig
Learaí.

"Caith na rósanna os comhair na lánúine
nuaphósta nuair a thagann siad anuas an
séipéal," a dúirt Ciarán leo i gcogar.

"Tá go maith," a dúirt Learaí.

Scaip sé na rósanna san áit a raibh Eithne
Éisealach agus Gearóid na nGoiríní ag siúl.

"Mise freisin," a dúirt Dónall. Chaith sé slám
bláthanna isteach sa straois ar Ghearóid na
nGoiríní.

"Seachain thú fhéin, a mhaistín," a dúirt
Gearóid go coilgneach.

"Tá sé garbh, nach bhfuil?" a dúirt Dónall.
Chaith sé slám eile bláthanna le hEithne.

"ÚÚÚÚÚ!" a dúirt Eithne Éisealach go
míshásta.

"Chuile dhuine amach, le go dtógfaidh muid
na pictiúir," a dúirt an grianghrafadóir.

Thaithnigh le Dónall go dtógfaí a phictiúr.
Amach leis de léim.

"An lánúin nuaphósta ar dtús," a dúirt an
grianghrafadóir.

Léim Dónall amach chun tosaigh.

CLIC.

Sháigh sé a chloigeann isteach sa bpictiúr ón taobh.

CLIC.

Chuir sé amach a theanga.

CLIC.

Chuir sé strainceanna gránna air fhéin.

CLIC.

"Anois, an bealach seo go dtí an bhainis!" a dúirt Ciarán Crosta.

In ostán in aice láimhe a bhí an bhainis á caitheamh.

Ní raibh na daoine fásta ag déanamh tada ach ag caint agus ag ithe, caint agus ól, caint agus tuilleadh ithe.

Shuigh Learaí-gan-Locht ag an mbord agus d'ith sé a chuid lóin.

Shuigh Dónall faoin mbord ag priocadh cosa agus ag ceangal barriallacha bróga dá chéile. Nuair a bhí a dhóthain dhe sin déanta aige, thug sé aghaidh ar an seomra béal dorais.

Is ann a bhí an cáca bainise, leagtha ar bhord beag. Cheap Dónall gur mba mhór an áilleacht é an cáca céanna agus go raibh cuma an-bhlasta go deo air. Bhí trí cinn de shraitheanna sa gcáca agus é clúdaithe le reoán álainn bán, agus é maisithe go gleoite le bláthanna agus cloigíní agus chuile ní dá bhreátha é.

Bhí uisce ag teacht le fiacla Dhónaill.

Blaisfidh mé de ruainnín beag bídeach dhe, a dúirt sé leis fhéin. Cén dochar?

Bhain sé oiread na fríde den cháca agus chaith sé siar é.

A mhac go deo! Bhí an reoán sin go hálainn.

Plaicín beag bídeach eile b'fhéidir, a dúirt sé leis fhéin. Má bhainim as cúl an cháca é, ní thabharfar faoi deara é.

Bláth beag as íochtar an cháca a roghnaigh sé an geábh seo, agus chaith sé siar é d'aon phlaic amháin. ÁÁÁ!

Sheas Dónall siar ón gcáca. Shílfeá go raibh

sé beagáinín ar leathmhaing anois agus rós ar iarraidh in íochtar.

Cuirfidh mé caoi air, a dúirt sé leis fhéin.

Bhain sé rós den tsraith sa lár agus ceann eile in uachtar.

Ansin tharla rud aisteach.

"Bíodh ruainnín eile agat" a dúirt an cáca de chogar. "Coinnigh ort."

M'anam nach bhféadfadh Dónall a leithéid de thairiscint a dhiúltú.

Phioc sé písíní beaga as cúl an cháca.

Thar a bheith blasta, a dúirt Dónall leis fhéin. Ansin thóg sé ruainnín beag eile. Agus cúpla písín eile. Ansin bhain sé geampa maith as.

"Ach céard ó thalamh an domhain anuas atá ar bun agatsa?" a bhéic Gearóid na nGoiríní.

Rith Dónall timpeall ar bhord an cháca. Bhí Gearóid sna sála aige.

Timpeall agus timpeall agus timpeall an bhoird a rith an bheirt.

"Fan go mbéarfaidh mise ort, a phriompalláin," a dúirt Gearóid go coilgneach.

Isteach faoin mbord le Dónall.

Rinne Gearóid iarracht breith ar chois air, ach chlis air.

SPLEAIT!

Baineadh truisle as Gearóid na nGoiríní agus thit sé i mullach an cháca.

D'éirigh le Dónall éalú.

Rith Eithne Éisealach isteach sa seomra.

"ÚÚÚÚÚÚÚ!" a bhéic sí.

"Nach mba iontach an bhainis í," a dúirt Mamaí ar an mbealach abhaile. "Ach b'aisteach liom nach raibh ruainne ar bith de cháca ann."

"An-aisteach," a dúirt Daidí.

"An-aisteach," a dúirt Learaí.

"An-aisteach go deo," a dúirt Dónall. "Agus tá mise sásta a bheith i mo ghiolla uair ar bith beo a dteastaím."

3

BOGANN PEIGÍ PUSACH ISTEACH

Bhí Mamaí ag caint ar an bhfón.

"Ar ndóigh bheadh seacht gcroí againn dá dtiocfadh Peigí," a dúirt sí. "Ní chuirfeadh sé a dhath ariamh as dhúinn."

Stop Dónall ag briseadh na gcosa de chapaill phlaisteacha Learaí.

"CÉARD?" a bhéic sé.

"Shh, a Dhónaill," a dúirt Mamaí. "Níl, níl sé," a dúirt sí. "Tá Dónall é fhéin breá sásta. Feicfidh mé Dé hAoine thú."

"Céard é seo?" a dúirt Dónall.

"Beidh Peigí Pusach ag fanacht linn anseo ar feadh scaithimh, fad a bheas a cuid tuismitheoirí ar saoire," a dúirt Mamaí.

Níor fhan focal ag Dónall.

"Beidh sí ag fanacht . . . anseo?"

"Beidh," a dúirt Mamaí.

"Cén t-achar?" a d'fhiafraigh Dónall.

"Coicís," a dúirt Mamaí.

Ní raibh Dónall in ann Peigí Pusach a sheasamh dhá shoicind gan trácht ar dhá sheachtain.

"Coicís?" a dúirt sé. "Imeoidh mise ón mbaile! Cuirfidh mé glas ar an doras le nach bhféadfaidh sí a theacht isteach, tarraingeoidh mé a cuid gruaige, brisfidh mé . . ."

"Ná bí dána a Dhónaill," a dúirt Mamaí. "Is cailín álainn í Peigí, agus tá mé cinnte go mbeidh an-spraoi agaibh."

"Is beag an baol," a dúirt Dónall, "go mbeidh spraoi agam léi sin agus chomh héasca agus atá sé pus a chur uirthi."

"Beidh mise ag spraoi léi," a dúirt Learaí-gan-Locht. "Is maith liomsa cuairteoirí."

"Bhuel ní bheidh sí ag codladh i mo sheomrasa," a dúirt Dónall Dána. "Féadfaidh sí codladh sa gcró."

"Seafóid," a dúirt Mamaí. "Gabhfaidh tusa isteach i seomra Learaí, agus tabharfaidh muid do sheomrasa do Pheigí."

D'oscail Dónall a bhéal le béic a ligean, ach leis an iontas a bhí air, níor tháinig as ach torann beag slóchta.

"Mo . . . sheomrasa . . . do . . . Pheigí?"

Bheadh sí sin ag breathnú ar a chuid stuif, agus ag cartadh ina chuid boscaí agus ag spraoi lena chuid bréagáin, agus eisean caite istigh i seomra Learaí.

"Ná déan!" a bhéic Dónall. Chaith sé é fhéin anuas ar an urlár ag scréachaíl. "NÁ . . . DÉAN . . .!"

"Ní miste liomsa mo leabasa a thabhairt dhi," a dúirt Learaí-gan-Locht. "Sin é an rud béasach. Fáilte a chur roimh chuairteoirí."

Stop Dónall ag caoineadh ar feadh soicind, le go bhféadfadh sé cic a bhualadh ar Learaí.

"OOOBHÚÚÚÚÚ!" a bhéic Learaí. Thosaigh sé ag caoineadh. "A Mhamaí!"

"A Dhónaill!" a bhéic Mamaí. "Tá tú chomh dána le múille! Abair le Learaí go bhfuil brón ort."

"Níl Peigí sin ag teacht!" a dúirt Dónall. "Agus sin a bhfuil faoi."

"Gabh suas i do sheomra!" a dúirt Mamaí agus í ar buile.

Tháinig Peigí Pusach chuig an teach lena cuid tuismitheoirí, cheithre cinn de mhálaí éadaigh, seacht mbosca bréagáin, dhá philiúr agus trumpa.

"Ní bheidh aon trioblóid le Peigí," a dúirt a máthair. "Bíonn sí béasach i gcónaí, itheann sí chuile shórt, agus ní bhíonn sí ariamh ag casaoid. Nach fíor dhom é, a leainín?"

"Is fíor," a dúirt Peigí.

"Ní bhíonn fadhb ar bith le Peigí," a dúirt a hathair. "Is aingilín ceart thú, nach ea, a stóirín?"

"Sea," a dúirt Peigí.

"Bainigí sult as an tsaoire," a dúirt Mamaí.

"Bainfidh muid," a dúirt tuismitheoirí Pheigí.

Dhún siad an doras de ropadh taobh thiar dhíobh.

Shiúil Peigí Pusach isteach díreach sa seomra suite agus chuimil sí a méar den mhatal os cionn na tine.

"Níl sé seo an-ghlan, an bhfuil?" a dúirt sí. "Ní fheicfeá dusta ar an gcaoi sin i dteach s'againne."

"Ó," a dúirt Daidí.

"Níor mharaigh beagáinín dusta aon duine ariamh," a dúirt Mamaí.

"Bhuel ní théann dusta go maith dhomsa," a dúirt Peigí. "Má bhíonn gráinnín amháin fhéin ann tosaím ag snao . . . snao . . . SNAOFAIRT . . . AAAAAAACHHHHH ÚÚÚÚÚÚÚ"

"Glanfaidh mé an áit anois díreach," a dúirt Mamaí.

Scuab Mamaí an t-urlár.

Ansin nigh Daidí an t-urlár.

Ghlan Learaí an dusta.

Chuaigh Dónall thart timpeall leis an bhfolúsghlantóir.

Faoi stiúir Pheigí.

"A Dhónaill, níl an áit sin glanta ceart," a dúirt Peigí, agus í ag díriú méire faoin tolg.

Chuaigh sé anonn leis an bhfolúsghlantóir, ach ní mórán anró a bhí sé a chur air fhéin.

"Ní san áit sin! Ansin!" a dúirt Peigí.

Dhírigh Dónall béal an fholúsghlantóra ar Pheigí. Dragan mór oilbhéasach a bhí ann, tine

lena anáil agus bhí na lasracha a bhí ag teacht aniar as a bhéal ag róstadh a namhad.

"Cúnamh!" a bhéic Peigí.

"A Dhónaill!" a dúirt Daidí.

"Ná bí dána," a dúirt Mamaí.

"Tá mise ag ceapadh gur cheart pionós a ghearradh ar Dhónall," a dúirt Peigí. "Tá mé ag ceapadh gur cheart é a chur faoi ghlas ina sheomra ar feadh trí seachtaine."

"Níl aon seomra agam a bhféadfaí mé a chur faoi ghlas ann, mar go bhfuil tusa istigh ann," a dúirt Dónall, ag breathnú go drochmhúinte ar Pheigí.

Bhreathnaigh Peigí ar ais air chomh drochmhúinte céanna.

"Is mise an cuairteoir, a Dhónaill, agus níorbh fholáir dhuitse a bheith béasach liom," a dúirt Peigí go teann.

"Cinnte, beidh sé béasach," a dúirt Mamaí.

"Ná bíodh imní ar bith ort a Pheigí. Má bhíonn aon trioblóid agat, tar díreach chugamsa."

"Go raibh míle maith agat," a dúirt Peigí Pusach agus meangadh uirthi. "Cinnte. Tá ocras orm," a dúirt sí ansin. "Cén fáth nach bhfuil an suipéar réidh?"

"Ní bheidh aon mhoill air," a dúirt Daidí.

"Ach ithimse mo bhéile i gcónaí ag a sé a chlog," a dúirt Peigí. "Tá mé ag iarraidh mo bhéile ANOIS."

"Tá go maith," a dúirt Daidí.

Rinne Dónall Dána agus Peigí Pusach díreach ar an gcathaoir a bhí ag breathnú amach ar an ngairdín. Bhí sí faighte ag Peigí roimh Dhónall, ach bhrúigh Dónall anuas den chathaoir í. Ansin bhrúigh Peigí eisean den chathaoir. Thit Dónall anuas ar an urlár.

"AAAÚÚÚ!" a dúirt Dónall.

"Bíodh an chathaoir ag an gcuairteoir," a
dúirt Daidí.

"Ach sin í mo chathaoir-sa," a dúirt Dónall.
"Sin é an áit a suím i gcónaí."

"Féadfaidh tú suí ar mo chathaoir-sa," a dúirt
Learaí-gan-Locht. "Ní miste liom."

"Ach tá mise ag iarraidh suí anseo," a dúirt
Peigí Pusach. "Is mise an cuairteoir, agus is
liomsa roghnú."

D'éirigh Dónall go colgach, agus bhog sé
timpeall an bhoird, agus shuigh sé in aice le
Learaí.

"AAAÚÚÚÚ!" a scread Peigí. "Bhuail Dónall cic orm!"

"Níor bhuail mé," a dúirt Dónall agus é spréachta.

"Leag as, a Dhónaill," a dúirt Mamaí. "Ní caoi ar bith é sin le caitheamh le cuairteoir."

Sháigh Dónall amach a theanga le Peigí. M'anam gur sháigh Peigí Pusach a teanga fhéin amach níos faide fós, agus sheas sí go láidir ar a chois faoin mbord.

"AAAÚÚÚÚ!" a scread Dónall. "Bhuail Peigí cic orm!"

"Ó, mo mhíle leithscéal, a Dhónaill," a dúirt Peigí go milis. "Timpiste a bhí ann. Ní raibh mé ag iarraidh é sin a dhéanamh, dáiríre. Níor mhaith liom tú a ghortú."

Thug Daidí an béile chuig an mbord.

"Céard é sin?" a d'fhiafraigh Peigí.

"Pónairí, fataí agus sicín," a dúirt Daidí.

"Ní maith liomsa pónairí," a dúirt Peigí. "Agus ní ithim fataí mura bhfuil an craiceann bainte dhíobh."

Bhain Mamaí an craiceann de na fataí.

"Tá mé ag iarraidh na bhfataí ar phláta astu fhéin!" a scread Peigí. "Ní maith liom fataí a bheith in aice le mo chuid feola."

Tharraing Daidí amach trí phláta. Ceann a raibh pictiúr foghlaí mara air, ceann eile a raibh lacha air agus ceann a raibh ainm Learaí scríofa air.

"Tá mise ag iarraidh an phláta foghlaí mara," a dúirt Peigí agus í á sciobadh.

"Tá mise ag iarraidh an phláta foghlaí mara," a dúirt Dónall agus é á sciobadh ar ais uaithi.

"Ní miste liomsa cén pláta a bheas agam," a dúirt Learaí-gan-Locht. "Mar a chéile chuile phláta."

"Ní mar a chéile!" a bhéic Dónall.

"Is mise an cuairteoir," a bhéic Peigí. "Is liomsa ceann a roghnú."

"Tabhair dhi an pláta a bhfuil an foghlaí mara air, a Dhónaill," a dúirt Daidí.

"Níl sé sin ceart ná cóir," a dúirt Dónall, agus é ag breathnú ar na lachain a bhí ar a phláta fhéin.

"Is í Peigí an cuairteoir," a dúirt Mamaí.

"Más í fhéin," a dúirt Dónall. Nach raibh Gréagach eicínt ann sa tseanaimsir a chuir faoi ndeara do na cuairteoirí luí ar leaba iarainn. Agus dá mbeidís ró-íseal shínfeadh sé amach iad. Agus bhainfeadh sé píosa dá gcosa dá mbeidís ró-ard. Bhí a fhios ag an mboc sin an

chaoi le caitheamh le cuairteoirí gránna ar nós Pheigí Pusach.

"EEEUUUUCCCC!" a dúirt Peigí, agus í ag caitheamh an tsicín aniar as a béal. "Chuir tú salann air seo!"

"Fíorbheagán," a dúirt Daidí.

"Ní bhlaisimse de shalann ariamh," a dúirt Peigí Pusach. "Tá sé go dona agam. Agus piseanna a bhíonn againn i gcónaí sa mbaile."

"Ceannóidh mé piseanna amárach," a dúirt Mamaí.

Bhí Learaí ina chodladh sa mbunc in uachtar.

Bhí Dónall ina shuí ag an doras ag éisteacht.

Bhí písíní aráin caite aige chuile áit ar leaba Pheigí.

B'fhada leis go gcloisfeadh sé an bhéic.

Ach ní raibh gíog le cloisteáil as seomra Dhónaill, san áit a raibh cuach phusach ina nead siúd. Ní raibh meabhair ar bith ag Dónall air seo.

Faoi dheireadh, nuair a bhí sé tuirseach ag fanacht, chuaigh sé isteach sa mbunc (ó, an náire a bhain leis seo fhéin) *íochtair*, ach lig sé béic. Bhí a leaba lán le písíní aráin, subh agus rud eicínt eile bog, fliuch, gréiseach

"Gabh a chodladh, Dhónaill," a bhéic Daidí.

Á, muise, an Peigí bradach sin, a dúirt Dónall leis fhéin. Bainfidh mise díoltas amach. Chuirfeadh sé trap sa seomra, ghearrfadh sé chuile phioc éadaigh a bhí ag a cuid bábóga, agus chuirfeadh sé dath corcra ar a héadan. Ó

cinnte, gheobhadh sé an ceann is fearr ar
Pheigí Pusach.

Bhí Mamaí agus Daidí ag breathnú ar an
teilifís sa seomra suite.

An chéad rud eile, bhí Peigí Pusach ar an
staighre.

"Tá sé cinnt orm titim i mo chodladh leis an
torann sin," a dúirt sí. Bhreathnaigh Mamaí
agus Daidí ar a chéile.

"Tá an teilifís an-íseal againn, a stóirín," a
dúirt Mamaí.

"Ach ní bhíonn mise in ann codladh má
bhíonn torann ar bith san teach," a dúirt Peigí.
"Tá éisteacht an-ghéar agam."

Chas Mamaí as an teilifís agus thosaigh sí ag
cniotáil.

Clic clic clic.

Seo anuas le Peigí aríst.

"Níl mé in ann codladh leis an torann sin," a
dúirt sí.

"Tá go maith," a dúirt Mamaí agus í ag
osnaíl.

"Agus tá mo sheomra fuar," a dúirt Peigí
Pusach.

Chas Mamaí suas an teas.

Tháinig Peigí anuas aríst.

"Anois tá sé róthe," a dúirt Peigí Pusach.

Chas Daidí anuas an teas.

"Tá boladh aisteach i mo sheomra," a dúirt Peigí Pusach.

"Tá mo leaba róchrua," a dúirt Peigí Pusach.

"Tá an seomra plúchta," a dúirt Peigí Pusach.

"Tá an iomarca solais ag teacht isteach sa seomra," a dúirt Peigí Pusach.

"Oíche mhaith, a Pheigí," a dúirt Mamaí.

"Cé mhéid lá eile a bheas sí sa teach?" a d'fhiafraigh Daidí.

Bhreathnaigh Mamaí ar an bhféilire.

"Trí lá dhéag eile," a dúirt Mamaí.

Chrom Daidí a chloigeann go buartha.

"Níl a fhios agam an mairfidh mé beo an t-achar sin," a dúirt sé.

TÚTA TÚÚÚÚT. Léim Mamaí amach as an leaba.

TÚTA TÚÚÚÚT. Léim Daidí amach as an leaba.

TÚTA TÚÚÚÚT. TÚTA TÚÚÚÚT.

TÚTA TÚÚÚÚT TÚT TÚT.

Léim Dónall agus Learaí amach as an leaba.

Bhí Peigí ag máirseáil suas síos an halla ag casadh ar an trumpa.

TÚTA TÚÚÚÚÚT. TÚTA TÚÚÚÚÚT.
TÚTA TÚÚÚÚÚT, TÚTA TÚÚÚÚÚT
TÚT TÚT.

"A Pheigí, ar mhiste leat an trumpa sin a
chasadh níos deireanaí sa lá?" a dúirt Daidí,
agus é ag clúdach a dhá chluais. "Níl sé ach a
sé a chlog ar maidin."

"Sin é an t-am a n-éirímse," a dúirt Peigí.

"An bhféadfá é a chasadh níos ciúine?" a
dúirt Mamaí.

"Ach caithfidh mise cleachtadh a dhéanamh,"
a dúirt Peigí Pusach.

Bhí an torann a bhí sí a bhaint as an trumpa
ag baint croitheadh as na ballaí.

TÚTA TÚÚÚÚT TÚT TÚT.

Chuir Dónall Dána a raidió ar siúl.

BÚM BÚM BÚM.

Chas Peigí an trumpa níos airde.

TÚTA TÚÚÚÚT TÚT TÚT.

Chas Dónall an raidió suas tuilleadh.

BÚM BÚM BÚM. BÚM BÚM BÚM.

"A Dhónaill!" a bhéic Mamaí.

"Cas anuas é sin!" a dúirt Daidí in ard a
ghutha.

"Ciúnas!" a scread Peigí. "Níl mé in ann mo
chuid cleachtaidh a dhéanamh leis an torann
seo." Leag sí uaithi an trumpa. "Agus tá ocras
orm. Cá bhfuil mo bhricfeasta?"

"Bíonn an bricfeasta againne ag a hocht a
chlog," a dúirt Mamaí.

"Ach tá mise ag iarraidh mo bhricfeasta
anois," a dúirt Peigí.

Bhí a dóthain faighte ag Mamaí den chéapar.

"Má tá féin," a dúirt Mamaí go docht,

"itheann muide bricfeasta san teach seo ag a hocht a chlog."

D'oscail Peigí a béal agus thosaigh sí ag scréachaíl. Ní raibh duine ar bith eile in ann scréach chomh hard ná chomh fada a dhéanamh le Peigí Pusach.

Dialann Dhónaill.

Dé Luain:
Chuir mé písíní aráin i leaba Pheigí. Chuir sise subh, crústaí aráin agus seilmidí i mo leabasa.

Dé Máirt:
D'aimsigh Peigí mo chuid mílseáin a bhí curtha i bhfolach agam, agus níor fhág sí ceann agam.

Dé Céadaoin:
Níl mé in ann éisteacht le ceol san oíche mar go gcuireann sé isteach ar an straoiseacháinín sin.

Déardaoin:
Ní féidir liom amhrán a rá, mar nach maith leis an gcuimleachán sin é.

Dé hAoine:
Níl mé in ann anáil a tharraingt nach gcuireann sé isteach ar an maistín míllte sin.

Dé Sathairn:
Ní sheasfaidh mé soicind eile é.

Bhí an ghloine sna fuinneoga ar tí briseadh ag an torann a bhí ag teacht aniar as a béal.

"Tá go maith, mar sin," a dúirt Mamaí go cloíte. "Íosfaidh muid anois."

An oíche sin, nuair a bhí chuile dhuine go sámh ina gcodladh, d'éalaigh Dónall Dána isteach sa seomra suite agus rug sé ar an bhfón.

"Ba mhaith liom teachtaireacht a fhágáil," a dúirt sé de chogar.

RAP RAP RAP RAP RAP RAP.
Ding dong! Ding dong! Ding dong!
Dhírigh Dónall aniar sa leaba.
Bhí duine eicínt ag réabadh ar an doras.
"Ach cé a bheadh ag an doras an tráth seo den oíche?" a dúirt Mamaí agus í ag méanfach.
Bhreathnaigh Daidí amach tríd an bhfuinneog, agus ansin d'oscail sé an doras.
"Cá bhfuil mo pháistín?" a bhéic máthair Pheigí.
"Cá bhfuil mo pháistín?" a bhéic athair Pheigí.
"Thuas staighre," a dúirt Mamaí. "Cén áit eile a mbeadh sí?"
"Ach céard a thárla dhi?" a scread máthair Pheigí.

63

"Tháinig muid chomh sciobtha in Éirinn agus a d'fhéad muid," a dúirt athair Pheigí go himníoch.

Bhreathnaigh Mamaí agus Daidí ar a chéile. Céard a bhí ar bun?

"Níl stró uirthi," a dúirt Mamaí.

Bhreathnaigh máthair agus athair Pheigí ar a chéile. Céard a bhí ar bun?

"Ach is éard a bhí sa teachtaireacht ná gur cás éigeandála a bhí ann agus gur chóir dhúinn a theacht abhaile ar an bpointe boise," a mhínigh máthair Pheigí.

"Tháinig muid abhaile luath ón saoire dá bharr," a dúirt athair Pheigí.

"Cén teachtaireacht?" a dúirt Mamaí.

"Céard atá ar siúl anseo? Tá sé ag cinnt orm codladh ag an torann seo," a dúirt Peigí Pusach.

Bhí Peigí, a máthair agus a hathair imithe abhaile.

"A leithéid de bhrochán," a dúirt Mamaí.

"Nach mór an peaca go raibh orthu a theacht abhaile luath ón tsaoire," a dúirt Daidí.

"Mar sin fhéin . . ." a dúirt Mamaí. Bhreathnaigh sí anonn ar Dhaidí.

"Hmmmmmmm!" a dúirt Daidí.

"Meas tú an bhfuil baol ar bith gurb é Dónall ..." a dúirt Mamaí.

"Ní shamhlóinn go bhféadfadh Dónall fiú a leithéid de rud uafásach a dhéanamh," a dúirt Daidí.

Ní raibh Mamaí chomh cinnte céanna.

"A Dhónaill!"

Lean Dónall air ag greamú stampaí Learaí dá chéile.

"Sea?"

"An bhfuil a fhios agatsa tada faoin teachtaireacht seo?"

"Mise?" a dúirt Dónall.

"Tusa," a dúirt Mamaí.

"Níl a fhios," a dúirt Dónall. "Is aisteach é."

"Sin bréag, a Dhónaill," a dúirt Learaí-gan-Locht.

"Ní hea, muis," a dúirt Dónall.

"Sea, muis," a dúirt Learaí. "Chuala mise ag caint ar an bhfón thú."

Tharraing Dónall iarraidh ar Learaí. Tarbh mire a bhí ann ag tabhairt faoi mhatador sa Spáinn.

"AAÚÚÚÚÚÚÚ!" a scread Learaí.

Stop Dónall. Bhí a chuid aige anois.

Ní bheadh aon airgead póca le fáil aige go ceann bliana. Ní bheadh sé ag blaiseadh d'aon mhilseán go ceann deich mbliana. Agus ní bheadh cead aige breathnú ar an teilifís go deo aríst, fad is a mhairfeadh sé.

Chuir Dónall cruit air fhéin agus é ag fanacht leis an bpionós a bheadh le gearradh air.

Leag Daidí a dhá chois ar an stóilín agus shín sé siar sa gcathaoir.

"B'uafásach an rud é sin a rinne tú," a dúirt Daidí.

Chas Mamaí air an teilifís.

"Suas leat i do sheomra," a dúirt Mamaí.

Ní raibh aon chall dhi é a rá an dara babhta. Do sheomra – focla níos deise níor chuala sé le fada.

4

MÚINTEOIR NUA DHÓNAILL DHÁNA

"Anois, a Dhónaill," a dúirt Daidí. "Is é inniu do chéad lá ar ais ag an scoil. Beidh seans agat tús nua a dhéanamh le múinteoir nua."

"Sea, sea," a dúirt Dónall agus é ag cur strainc air fhéin.

Bhí an dearg-ghráin ag Dónall ar an gcéad lá den téarma. Bliain eile, agus múinteoir eile ag maoirseoireacht air. Bhí Iníon Mhic Iontach, an chéad mhúinteoir a bhí aige, chomh trína chéile tar éis coicíse gur rith sí amach as an seomra ranga ag screadach.

Máistreás Meata, an chéad mhúinteoir eile a bhí aige, rith sise amach as an rang tar éis aon lá amháin agus í ag screadach chaoineacháin. Ní raibh sé éasca ag múinteoirí dul i dtaithí ar a ngairm, a shíl Dhónall, ach chaithfeadh duine eicínt é a dhéanamh dhóibh.

Tharraing Daidí amach píosa páipéir agus thaispeáin sé do Dhónall é.

"A Dhónaill, níl mé ag iarraidh tuairisc scoile mar seo a fheiceáil aríst go brách," a dúirt sé. "Ní thuigim cén fáth nach bhféadfaidh do thuairisc scoile a bheith cosúil le tuairisc Learaí."

Thosaigh Dónall ag feadaíl.

"Breathnaigh anois, a Dhónaill," a dúirt Daidí. "Tá sé seo tábhachtach. Breathnaigh ar an tuairisc sin."

Tuairisc scoile Dhónaill

Bhí drochbhliain agam ag iarraidh a bheith ag múineadh Dhónaill. Tá sé mímhúinte, leisciúil agus bíonn sé ag cur isteach ar obair an ranga. Tá sé ar an dalta is measa a mhúin mé ariamh.

Iompar: Uafásach
Béarla: Uafásach
Mata: Uafásach
Eolaíocht: Uafásach
Corp-Oid: Uafásach

"Céard faoi mo thuairisc-sa?" a dúirt Learaí-gan-Locht.

Las éadan Dhaidí le ríméad.

"Bhí do thuairisc-sa gan locht, a Learaí," a dúirt Daidí. "Coinnigh leis an dea-obair."

Tuairisc scoile Learaí

Ba mhór an pléisiúr a bheith ag múineadh Learaí i mbliana. Tá sé múinte, oibríonn sé go crua, agus bíonn sé i gcónaí ag comhoibriú. Tá sé ar an dalta is fearr a mhúin mé ariamh.

Iompar: Iontach
Béarla: Iontach
Mata: Iontach
Eolaíocht: Iontach
Corp-Oid: Iontach

Bhí meangadh mór ar Learaí.

"Caithfidh tú iarracht níos fearr a dhéanamh a Dhónaill," a dúirt Learaí, ag siodmhagadh faoi.

Siorc mór fíochmhar a bhí i nDónall agus é
réidh le greim fiacla a bhaint as mairnéalach a
bhí á bhá.

"AAÚÚÚÚÚÚÚÚ!" a scread Learaí.

"Bhain Dónall plaic asam!"

"Ná bí chomh dána, a Dhónaill," a bhéic a
Dhaidí, "nó ní fheicfidh tú aon teilifís go ceann
seachtaine."

"Is cuma liom," a dúirt Dónall faoina anáil.
Nuair a bheadh sé fhéin ina rí ar Éirinn, is é an
dlí a bheadh ann ná gurbh iad na tuismitheoirí
a chaithfeadh a dhul chuig an scoil, agus ní
hiad na gasúir.

Bhí Dónall ag brú faoi agus thairis agus é ag
déanamh a bhealaigh isteach sa seomra ranga.
Fuair sé suíochán in aice le Máirtín
Mímhúinte.

"Nea nea nea nea nea! Tá liathróid nua
agamsa," a dúirt Máirtín.

Ar ndóigh ní raibh liathróid ar bith ag
Dónall. Ní raibh aon cheann aige ó bhris sé an
fhuinneog tigh Pheigí Pusach léi.

"Nach breá é do scéal," a dúirt Dónall go
searbhasach.

Dúnadh doras an tseomra ranga go tobann.

Cé a bhí ann ach an Máistir Ó Dúradáin, an múinteoir ba ghránna, ab uafásaí agus ba chruaichte sa scoil ar fad.

"CIÚNAS!" a dúirt sé agus é ag breathnú amach ó na súile géara a bhí ina cheann. "Ná bíodh smid as ceachtar agaibh. Ná cloisim bhur n-anáil fiú."

Níor raibh gíog as an rang.

"GO MAITH!" a dúirt sé go gangaideach. "Is mise an Máistir Ó Dúradáin."

"A leithéid d'ainm," a dúirt Dónall de chogar le Máirtín Mímhúinte

Thosaigh Máirtín ag sciotaíl.

"DÚR . . . AD . . . DÁN . . . ha ha ha," a dúirt Dónall agus an gáirí ag fáil an cheann is fearr air.

Go tobann bhí an Máisitir Ó Dúradáin le taobh Dhónaill.

"Dún do bhéal, a bhuachaill ghránna!" a dúirt an Máistir Ó Dúradáin. "Tá mé ag coinneáil súil ghéar ortsa, a mhicó. Agus tá eolas maith faighte agamsa ó na múinteoirí eile ar do chuid drochiompair. Bhuel, a mhaistín, má cheapann tú go bhfaighidh tú an ceann is fearr ormsa, tá dul amú ort. Ní bheidh tada den chéapar sin i mo rangsa!"

Feicfidh muid linn, a dúirt Dónall leis fhéin.

"Tá na chéad sumaí atá le déanamh agaibh i mbliana scríofa ar an gclár. Anois buailigí fúthu," a d'ordaigh an Máistir Ó Dúradáin don rang.

Ach bhí smaoineamh eile ag Dónall.

Scríobh sé nóta sciobtha chuig Máirtín Mímhúinte.

Ní dhearna Dónall Dána soicind moille.

A Mháirtín –
Chuirfinn geall leat, go bhfuil mé in ann an Máistir Ó Dúradáin a chur thrína chéile le go rithfidh sé amach as an rang roimh am lóin.

Beag an baol, a Dhónaill

Má éiríonn liom, caithfidh tú do liathróid nua a thabhairt dom.

O.K. ach caithfidh tusa do chúig euro a thabhairt domsa má chliseann ort.

O.K.

Chuir sé píosaí beaga páipéir ina bhéal, agus thosaigh sé á séideadh trína pheann trasna an tseomra. Ní raibh sé i bhfad go raibh an Máistir Ó Dúradáin buailte ar an gcloigeann le ceann acu.

D'iompaigh an Máistir Ó Dúradáin ar a sháil. "Tusa," a dúirt an máistir go coilgneach. "Seachain thú fhéin, nó beidh aiféala ort."

"Ní mise a rinne é!" a dúirt Dónall. "Is é Máirtín a rinne é."

"Bréagadóir!" a dúirt an Máistir. "Suigh thiar ansin ag cúl an ranga."

In aice le Caitríona Cliste ab éigean dhó suí.

"Bog anonn, a Dhónaill!" a dúirt Caitríona go cantalach. "Tá tú ar mo thaobhsa den deasc."

Theann Dónall isteach tuilleadh le taobh Chaitríona.

"Bog anonn thú fhéin," a dúirt sé chomh cantalach céanna léi.

Ansin rug Dónall Dána ar a peann luaidhe agus rinne sé dhá leith dhe.

"Bhris Dónall mo pheann luaidhe!" a scread Caitríona.

Chuir an Máistir Ó Dúradáin Dónall ina shuí le Coilín Caointeach.

Phinseáil Dónall é.

Chuir an máistir Dónall in aice le Tomás Taghdach. Thosaigh Dónall ag baint gíoscáin as an deasc.

Chuir an máistir in aice le Liadan Leisciúil é.

Thosaigh sé ag tarraingt pictiúir ar a cóipleabhar.

Le Peigí Pusach a cuireadh ansin é.

Tharraing Peigí Pusach líne síos trí lár an deasc.

"Má leagann tú oiread agus méar trasna na líne sin, a Dhónaill, tá do chuid agat," a dúirt Peigí faoina hanáil.

Bhreathnaigh Dónall suas.

Bhí an Máistir Ó Dúradáin ar a bhionda ag scríobh ar an gclár bán.

Thosaigh Dónall ag glanadh amach líne Pheigí.

"Stop é sin, a Dhónaill," a dúirt an Máistir Ó Dúradáin, gan iompú thart.

Stop Dónall.

Choinnigh an Máistir Ó Dúradáin air ag scríobh ar an gclár bán.

Tharraing Dónall gruaig Pheigí.

Chuir an máistir Dónall ina shuí in aice le Tadhg Téagartha, an buachaill ba mhó sa rang.

Bhí Tadhg Téagartha ag cangailt a phinn luaidhe agus ag iarraidh a dó agus a dó a chur le chéile.

Theann Dónall Dána isteach níos gaire do Thadhg Téagartha.

Níor thug Tadhg aird ar bith air.

Sháigh Dónall peann luaidhe isteach ina thaobh.

Níor thug Tadhg aird ar bith air.

Bhuail Dónall leidhce air.

PAÚ!!

An chéad rud eile bhí Dónall sínte ina

scraith ar an urlár agus é ag breathnú suas ar an tsíleáil. Choinnigh Tadhg Téagartha air ag cangailt a phinn luaidhe.

"Céard a tharla, a Thaidhg?" a dúirt an Máistir Ó Dúradáin.

"Níl a fhios agam," a dúirt Tadhg Téagartha.

"Éirigh suas den urlár, a Dhónaill," a dúirt an máistir. Bhí oiread na fríde de mheangadh beag sásta le feiceáil ar a éadan.

"Bhuail sé sin mé," a dúirt Dónall. Ní bhfuair sé iarraidh dá leithéid sin ariamh ina shaol.

"Timpiste a bhí ann," a dúirt an Máistir Ó Dúradáin.

Bhí meangadh air. "Is in aice le Tadhg a
bheas tú i do shuí feasta.

Bhuel, meas tú, a dúirt Dónall leis fhéin.

Bíodh sé ina chogadh, mar sin.

"Is fearr dhuit a bheith faoi mhúr ná a
bheith dúr," a dúirt Dónall Dána taobh thiar de
dhroim an Mháistir Ó Dúradáin.

Shiúil an Máistir Ó Dúradáin i dtreo Dhónaill
go mall réidh. Bhí a dhá dhorn fáiscthe.

"Ós rud é go bhfuil féith na filíochta ionat,"
a dúirt an Máistir, "tá mé ag iarraidh go
scríobhfaidh chuile dhuine dán. Anois."

Tháinig cruit ar Dhónall sa suíochán.

Dán! Seafóid! Bhí an ghráin ag Dónall ar
dhánta. Chuir an focal *dán* fiú fonn múisce air.

Bhreathnaigh Dónall Dána anonn ar
Mháirtín Mímhúinte.

Bhí Máirtín ag siodmhagadh faoi . . . Chúig
euro, chúig euro. Bhí an t-am ag fáil gearr. Tar
éis chuile shórt, ní raibh an Máistir Ó
Dúradáin imithe fós as an rang. Bhí gníomh le
déanamh go sciobtha ag Dónall, dá mba leis an
liathróid a fháil ó Mháirtín Mímhúinte.

Cén dán gránna a d'fhéadfadh sé a scríobh?

Chuir Dónall meangadh air fhéin. Rug sé ar
a pháipéar agus chuaigh sé i mbun pinn.

"Anois, cé hé an chéad duine a chuirfeas mé ag léamh?" a dúirt an Máistir Ó Dúradáin.

Chaith sé a shúil timpeall an tseomra.

"A Shíle! Léigh do dhán dhúinn."

Sheas Síle Searbh suas agus léigh sí:

"Bogha bhogha,
Bogha bhogha,
Bhuf bhuf bhuf
Is mada mé, ní cat,
SCAT!"

"Níl do dhóthain focal mar rím ansin agat," a dúirt an Máistir Ó Dúradáin

"An chéad duine eile . . ." Bhreathnaigh sé timpeall an tseomra. "A Pheaidí!"

Sheas Peaidí Beadaí suas agus léigh sé a dhán.

"Seacláid is cácaí i mo bholg,
Níl tada níos fearr liom,
Is mé i mo luí ar an tolg
Ithim brioscaí i rith an lae,
Ní bhuailfeadh tada iad le cupán tae."

"Easpa samhlaíochta," a dúirt an Máistir Ó

Dúradáin. Bhreathnaigh sé go míshásta ar an rang.

Chuir Dónall chuile chuma air fhéin nach raibh sé ag iarraidh go nglaofaí air.

"A Dhónaill!" a dúirt an máistir. "Léigh do dhánsa!"

Sheas Dónall suas agus léigh sé a dhán:

"Tagann múisc ar fhoghlaí ar an bhfarraige
    mhór,
Bíonn smaois an fhathaigh ag imeacht le
    cóir."

Chaith Dónall a shúil suas ar an Máistir. Bhí dath geal ag teacht air. Lean Dónall air ag léamh:

"Bíonn an Rí ina shuí ar leithreas óir,
Téann madra chuig an leithreas i lár an
    ghoirt mhóir."

Bhreathanigh Dónall ar an Máistir. Dath bán a bhí anois air. Nóiméad ar bith feasta anois, a dúirt Dónall leis fhéin, beidh an máistir ag rith amach an doras sin ag béiceach. Choinnigh Dónall air:

"Ní maith le Mamaí nuair a chaitheann an
    páiste amach ar a gúna,
Nuair a bhíonn sí á ghlanadh, ní bhíonn sí
    ar fónamh.
Agus nuair a bhíonn páistí ag taisteal sa
    gcarr,
Is minic go mbíonn siad ag caitheamh
    amach ar a stár'."

"Sin é do dhóthain," a dúirt an Máistir Ó
Dúradáin.

"Ach fan, tá píosa maith eile anseo," a dúirt
Dónall.

"Dúirt mé gurb in é do dhóthain," a dúirt an máistir. "Teip iomlán dhuitse."

Chuir sé marc mór dubh ina leabhar.

"Bhí mise ag cur amach nuair a bhí mé ar bhád!" a bhéic Peaidí Beadaí.

"Bhí mise ag cur amach nuair a bhí mé ar eitleán!" a bhéic Síle Searbh.

"Chuir mise amach a raibh i mo phutóga nuair a bhí mé sa gcarr!" a bhéic Fiachra Fiáin.

"Leag as anois díreach!" a dúirt an Máistir Ó Dúradáin agus colg air. Bhreathnaigh sé go feargach ar Dhónall Dána.

"Gabhaigí amach as seo, chuile dhuine amháin agaibh! Tá sé in am lóin."

Dia dhár réiteach, a dúirt Dónall leis fhéin. Ní ribín réidh ar bith é an Máistir Ó Dúradáin sin.

Rug Máirtín Mímhúinte air.

"Ha ha, a Dhónaill," a dúirt Máirtín. "Tá sé caillte agat. Tabhair dhom mo chúig euro."

"Is beag an baol," a dúirt Dónall. "Tá agam go dtí deireadh am lóin."

"Ní bheidh tú in ann tada a dhéanamh air idir seo agus sin," a dúirt Máirtín.

"B'fhéidir gurb in é a cheapann tusa," a dúirt Dónall.

Ansin bhuail smaoineamh Dónall. Bhí an-
cheann aige. An plean is fearr fós. Thiocfadh an
lá nuair a chrochfaí leacht cuimhneacháin ar
bhalla na scoile, ag tabhairt aitheantais faoi
chomh hiontach is a bhí Dónall. Scríobhfaí
amhráin faoi. Is dóigh go mbronnfaí bonn óir
air. Ach plean an lae inniu ar dtús. Le go
n-oibreodh an plean seo, theastaigh cúnamh
Learaí-gan-Locht uaidh.

Bhí Learaí ag imirt fichille le Naoise Néata
agus le Bran Glan.

"A Learaí, ar mhaith leatsa a bheith i do
bhall ceart den Láimh Láidir?"

An Lámh Láidir an t-ainm a bhí ar chlub
rúnda Dhónaill Dhána. Bhí Learaí ag iarraidh a
bheith sa ngrúpa le fada, ach ar ndóigh ní raibh
sé ag fáil cead ó Dhónall.

D'oscail béal Learaí le hiontas.

"Mise?" a dúirt Learaí.

"Sea," a dúirt Dónall. "Má éiríonn leat sa
scrúdú rúnda."

"Céard a chaithfeas mé a dhéanamh?" a dúirt
Learaí agus é bíogtha.

"Tá sé sách casta," a dúirt Dónall. "Agus, is
dóigh, ródheacair dhuitse."

"Abair amach é, abair amach é," a dúirt
Learaí.

"Níl le déanamh agat ach luí ansin faoin bhfuinneog gan corraí, gan gíog ná míog asat. Ní fhéadfaidh tú corraí nó go ndéarfaidh muid leat é."

"Cén fáth?" a dúirt Learaí.

"Mar sin é an scrúdú," a dúirt Dónall.

Thosaigh Learaí ag cuimhniú air fhéin.

"An mbeidh tú ag caitheamh rud eicínt anuas orm?"

"Ní bhead," a dúirt Dónall.

"Tá go maith, mar sin," a dúirt Learaí. Luigh sé siar faoin bhfuinneog.

"Agus tabhair dhom do chuid bróga," a dúirt Dónall.

"Tuige?" a dúirt Learaí.

Bhí cantal ar Dhónall.

"An bhfuil tú ag iarraidh a bheith sa Láimh Láidir nó nach bhfuil?" a dúirt Dónall go bagrach.

"Táim," a dúirt Learaí

"Má tá, tabhair dhom do chuid bróga anois, agus bí ciúin," a dúirt Dónall. "Beidh mé ag coinneáil súile ort. Má fheicim an cor is lú asat, ní bheidh tú sa Láimh Láidir."

Thug Learaí a chuid bróga do Dhónall agus luigh sé siar mar a bheadh dealbh ann.

Rug Dónall ar na bróga, agus rith sé ar luas lasrach suas staighre go dtí a sheomra ranga.

Ní raibh deoraí sa seomra. Go maith.

Chuaigh Dónall Dána anonn chuig an bhfuinneog agus d'oscail í. Ansin sheas sé ansin agus bróg le Learaí i chaon láimh aige.

D'fhan Dónall go dtí gur chuala sé coiscéimeanna an mháistir.

"Cúnamh!" a bhéic Dónall Dána. "Cúnamh!"

Tháinig an Máistir Ó Dúradáin isteach. Chonaic sé Dónall agus tháinig cuthach air.

"Céard atá tusa a dhéanamh anseo? Amach leat!"

"Cúnamh!" a bhéic Dónall. "Níl mé in ann é a choinneáil níos faide . . . tá sé ag sciorradh uaim. ÁÁÁÁÁÁÁ, tá sé tite!"

Thaispeáin sé na bróga don mháistir.

"Tá sé imithe," a dúirt Dónall go ciúin. Bhreathnaigh sé amach an fhuinneog. "ÚÚÚÚÚ! Níl mé in ann breathnú air."

Tháinig dath geal ar an Máistir Ó Dúradáin. Rith sé anonn chuig an bhfuinneog agus chonaic sé Learaí-gan-Locht sínte ar an bhféar, agus gan bróg ar bith air.

"Ní féidir . . ." a dúirt an Máistir Ó Dúradáin agus scéin ann.

"Tá brón orm," a dúirt Dónall. "Rinne mé
iarracht greim a choinneáil air, dar m'anam.
Agus . . ."

"Cúnamh!" a bhéic an Máistir Ó Dúradáin.
Rith sé síos staighre. "Gardaí! Inneall dóiteáin!
Otharcharr! Cúnamh! Cúnamh!"

Rith sé anonn chuig Learaí a bhí ina luí agus
gan cor as.

"An bhféadfaidh mé éirí anois, a Dhónaill?"
a dúirt Learaí-gan-Locht.

"Céard?" a dúirt an Máistir Ó Dúradáin agus
an anáil ag imeacht uaidh. "Céard a dúirt tú?"

B'ansin a thuig sé céard go díreach a bhí
tarlaithe. Bhí bob buailte air!

"TUSA, A BHUACHAILL UAFÁSACH,
GABH DÍREACH CHUIG OIFIG AN
PHRÍOMHOIDE – ANOIS DÍREACH!" a
scread an Máistir Ó Dúradáin.

D'éirigh Learaí-gan-Locht de léim den
talamh.

"Ach . . . ach . . ." a dúirt Learaí-gan-Locht.

"ANOIS!" a bhéic an Máistir Ó Dúradáin.
"Mo náire thú! Oifig an phríomhoide anois!"

"ÁÁÁÁÁÁÁÁÁÁ," a dúirt Learaí agus é ag
olagón.

D'imigh leis ag caoineadh go dtí oifig an
phríomhoide.

Rith an Máistir Ó Dúradáin suas staighre le breith ar Dhónall.

"Fan go mbéarfaidh mise ort, a Dhónaill!" a bhéic sé.

Bhí dath geal ar a éadan. Bhí an chuma air go raibh meirfean le theacht air.

"Cúnamh!" a dúirt an Máistir Ó Dúradáin go híseal.

Tháinig lagar air agus thit sé.

PLAP! Anuas ar an talamh.

Nuair a tháinig an t-otharcharr, ba é an Máistir Ó Dúradáin an t-aon duine a bhí sínte ar an talamh. Leag siad ar shínteán é agus thug siad leo é.

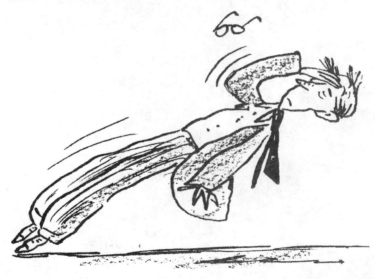

An-chríoch le an-lá, a dúirt Dónall Dána leis
fhéin, agus é ag bualadh cic ar a liathróid nua.
Cuireadh Learaí abhaile. Bhí an Máistir Ó
Dúradáin imithe go deo. Fiú amháin an scéala
a bhí cloiste aige go mbeadh Máistreás Máiléad
á mhúineadh, níor chuir sé sin fhéin isteach air.

Níor baineadh tada as an lá amárach fós.